Elisabeth Obalski-Hüfner

Zuageh duads

Bairische Gedichte

1. Auflage November 1978 1. Tausend
2. Auflage März 1979 2. bis 3. Tausend
3. Auflage Februar 1981 4. Tausend
4. Auflage Mai 1982 5. bis 6. Tausend

Illustrationen von Claus Obalski und Elisabeth Obalski-Hüfner
Druck: Ilmgaudruckerei, Pfaffenhofen

ISBN 3-922645-00-3

D Zeit

D Zeit

Oft frog i mi, wos mi no freid,
wenn i ois oide Frau
am warma Ofa sitz,
für d Enkerl Sockan strick
und sonst zu nix mehr nütz.
I red na gwiß von „meina Zeit“.

Ob i na sog: „Wos ham mia gschuft!
wos san mia hinterm Geld hergrennt
bis spät in d Nacht,
sonst hätt ma nia
a soichas Sache zammabracht.
Für uns war olles andre Luft!“

Des Sach, des Geld, mia nützt s nix mehr,
wenn i ois oide Frau
für d Enkerl Sockan strick.
I glaub, im Oidda winkt des
letzte bißerl Glück
aus a ganz andern Richtung her.

Wos wead mia bleibn aus „meina Zeit“?
De Alma, wo i oiwei so gern
gwesn bin,
Musik, a Glaserl Wein dahoam
an meim Kamin
mit jemand, der mia vui bedeidt,

des wern de Stundn sei, de zähln.
I richt mi ei, daß s mia ned fehln!

Hoamatsprach

So mancha Opa grantld rum:
„Des laß i mia ned nehma,
de Junga kümmern se ned drum,
de lassn d Sprach vakemma

und ganz genau a so is s Gwand
beim Joe, bei Mike und Molly.
Heid laffa s doch bloß umanand
in T-Shirts, Jeans und Rolli.

Zum Tanzn spuid a dufte Band
an Rock'n Roll und Boogie,
und s Lenerl swingt voi Temprament
mit ihram Boy, am Luggi.

Auf Parties haun s in d Sandwiches nei.
Cocktails gibts sweet und bitter.
Stellt oana heid a Kindsmagd ei,
na hoaßt ma s Babysitter".

Kummt oana mit am soichan Gred,
na muaß i jedsmoi lacha.
I sog, moants ihr, daß andre ned
aa soiche Fehler macha?

Herts bloß amoi am Opa zua,
redt er von oide Zeitn.
Wenn er vazählt, na gaabs grod gnua
Gelegenheit zum streitn.

Wia er mit am Retourbillett
auf m Perron is gstandn.
Schneeweiß hod s gleicht, sei Schemisett.[1])
Er woit bei oana landn.

Doch onduliert d Mamsell „grad d Haar“,
drum kenna s no ned startn.
Mit m Paraplui[2]) am Trottoar[3])
deaf a erst amoi wartn.

Auf d Nacht schliafft a in sei Plümo[4])
und da Plafo[5]) der draht se.
Is eahm des Weib doch glatt davo
mit dem nächstbestn Bazi!

Sei Portmonnee[6]) hod d Schwindsucht ’kriagt.
Des Böfflamott[7]) war deia
und daß a koane mehr vaziahgt,
des schwört a se für heia.

D Sprach hod a Lebn, geht mit da Zeit,
und Zeit, de muaß se wandln.
Bloß oans is wichtig, liabe Leit:
Deads boarisch lebn und handln!

[1]) Chemisette (Vorhemd)
[2]) Parapluie (Regenschirm)
[3]) Trottoir (Bürgersteig)
[4]) Plumeau (Federdeckbett)
[5]) Plafond (Zimmerdecke)
[6]) Portemonnaie (Geldbeutel)
[7]) Boeuf á la mode (Sauerbraten)

Februar

Da junge Lenz geht um!
Ganz hoamle schleicht a umanand.
Da Apfebaam hods aa scho gspannt.
An kloane Zapferl dutzendweis
zarinna langsam Schnee und Eis,
ois hättn s Nosntröpferl.
Da Seidlbast hod Knöpferl
und d Starl fliagn aa scho rum.
Am Zaun beim Haselstrauch –
i hob ja meine Augn ned traut,

da ganze Schnee is weggataut –
hob i in Laub und Gros vasteckt
de erstn Schneegleckerl entdeckt,
und d Palmkatzerl danebn
spürn a scho d Kraft zum Lebn
beim erstn warma Hauch.

Schaug nur in n Gartn naus!
Bis gestern war da Schneemo gsund,
sei Wampn war no kuglrund;
Doch jetzt hods n dawischt, und wia!
Allmähle geht a staad in d Knia.

Sei Nosn hengt nach untn,
sei Huad flaggt aa scho druntn
und boid iss mit eahm aus.

Is d Nacht aa no recht koid,
da Februar vageht so schnell,
vo Dog zu Dog bleibts länga hell.
Mit m Frost iss nimma gor z weit her
und d Hoffnung nimmt uns koana mehr,
daß d Knospn jetzt boid springa
und d Vogerl wieda singa
in Gartn, Feld und Woid.

Frühling

Es pfeift da Star, da junge Hupfa,
im Hollerbusch sei Musi.
Er trogt a Gwand mit bunte Tupfa
und moant, er findt a Gspusi.

D Palmkatzerl wachsn langsam aus.
An Franzi konns ned frein,
denn da Palmsonndog steht in s Haus
und er hod nix zum weihn.

Vaschwundn is da Schnee jetzt fast,
bis auf a oanzigs Fleckerl.
Im Gartn bliahn scho Seidlbast,
Huflattich und Schneegleckerl.

Da Acker dampft. A feine Spur
ziahgt staad zur Sonna nauf.
Es hod sei Muatta, die Natur,
zu eahm gsogt, 'Bua, wach auf!'

Und do hockst auf da Ofabank
und machst a grantigs Gfries.
Geh naus und sog deim Herrgott Dank,
daß s wieda Frühling is!

Mai

Von de Berg runta springt a
und an Trachtenhuad schwingt a,
wia a Hüatabua schnalzt a,
wia a Auahahn balzt a,
wia a Hochzeita juchzt a,
wia a Troubadur schluchzt a
und bringt Bleamerl ins Haus.

Wia a Märchenprinz glanzt a
und an Straußwalzer tanzt a,
wia a Liabhaba strahlt a,
wia a Luftikus prahlt a,
wia a Playboy poussiert a,
an St. Bonifaz friert a,
doch er macht se nix draus.

Am Weg

Es war am Straßenrand
unter Asphalt und Stoa,
do werkelt umanand
a Pflanzerl, zart und kloa.

Es druckt mit aller Kraft
bis sich da Boden hebt.
Die erste Spalte klafft,
scho kummts ans Liacht und lebt;

steht muattaseelnalloa,
zertretn und verstaubt
zwischen Asphalt und Stoa,
weil s fest an s Lebn glaubt.

A Regen ab und zu
bewahrt s vor dem Verdorrn;
drum, Lisei, wirf aa du
die Flinte ned ins Korn!

Mei Gartn

Es leucht' da Phlox. Lavendelduft
ziahgt über m Stoagartn durch d Luft.
A bunta Schmetterling steigt auf
und tanzelt auf a Rosn nauf.
S Oachkatzl hockt se auf n Zaun:
Jetzt san d Nüss oiwei no ned braun!
A Humme zuzlt Bleame aus,
im Rückwärtsgang kriacht s wieda naus.
A Muckn start', wui auffeziahgn,
a Schwaiberl kummt und frißt s im Fliagn.
Im Wasserschüsserl duckt se grad
a Amsel in a kühles Bad.
A Spatz stibitzt a Bröckerl Brot.
De Äpfe wern allmähle rot.
De kloane Wiesn hinterm Haus
schaugt wia a greana Teppich aus.
A kloane Welt voi Lebenslust,
des is mei Gartn im August.

Auf m Hochstand

A Sonnastrahl
liegt über m Woid,
wead lang und schmal,
vaziahgt se boid.

A Vögerl pfeift
des letzte Liad.
Da Nebel streift
durch s feichte Riad.

A Luftzug drahd
a Blattl rum;
sonst is oiss staad
rundumadum.

A Reh schaugt her.
Friß nur grod zua,
i hob koa Gwehr,
wui bloß mei Ruah!

Herbst

Am Woidrand bleibt da Schattn liegn
und hoit an Tau im Gros.
A Lercherl is grod auffegstiegn
und schreckt an kloana Hos.

De Wiesn san jetzt kurz und grün,
da zwoate Schnitt war guad.
Koa oanzigs Bleamerl mog mehr blühn,
weils langsam herbstln duad.

De Dog wern kürzer, s dämmert friah,
koa Lebn is weit und breit
bis auf n Selcher seine Kiah
mit eahnam Glockngläut.

Allmähle schlaffa d Wiesn ei. –
Grod oans, des wundert mi:
d Natur wead oiwei wieda nei,
bloß i welk so dahi.

Allerseelen

Da Herr gib eahm de ewge Ruah! –
Des Eisnkreiz hod sovui 'kost,
jetzt iss am Sockl scho varost.
D Leit moana, daß i gornix dua!

Da Friedhof is oa Bleamemeer.
Es war doch guad, daß i für s Grob
de Chrysanthemen gnomma hob.
De macha doch am meistn her.

S Laterndl wea i morgn glei hoin,
denn des is echte Handarbeit
und is des scheenste weit und breit.
Heid wead ja scho im Friedhof gstoihn.

D Vawandtschaft kummt, so wia ses ghert.
Sie stehnga olle beianand,
schee aufputzt und im schwarzn Gwand,
damit bloß koana ausgricht' wead.

Da Pfarra geht am Ausgang zua.
Kummts, gehts mit hoam, i deck an Tisch,
da Guglhupf is no ganz frisch. –
O Herr, gib eahm de ewge Ruah.

Abend

Am Himme stehd a Feiastrahl,
bis a im Woid vasinkt.
Grauschwarze Schatten ziahng ins Tal
und s erste Sternderl blinkt.

Grauschwarze Schattn decka staad
de ganze Erdn zua.
A Glöckerl klingt, da Nachtwind wahd.
Da Miade suacht sei Ruah.

A Glöckerl klingt, sei Ton vahoid,
koa Vögerl duad an Schroa.
De Zeit varinnt, da Dog wead oid;
jetzt bist mit dir alloa.

De Zeit varinnt, wia s Bacherl drunt'
durch d Wiesn laft, so schnell. –
Und kumma a poor dunkle Stund',
weads boid drauf wieda hell!

D Zeit is zum Draama

D Zeit is zum Draama!
Brauchts eich ned schaama,
wenn leicht und froh eich wead da Sinn,
weil in da Nacht da Himme staad
für n Woid a schneeweiß' Hemd hod gnahd
mit funkelnde Kristalle drin.

D Zeit is zum Draama,
Suacha und Raama.
Legts in n Kamin an Arm voi Scheit.
Lebkuacha, Punsch soin aa ned fehln,
d Ahnl soi uns wieda erzähln
wia d Weihnacht war zu ihra Zeit.

D Zeit is zum Draama!
Deads nix vasaama!
Da Dog wachst scho in d Rauhnacht nei
und d Kerzn san boid runtabrennt.
De staade Zeit geht so schnell z'end,
und d Welt wead grau und niachtern sei!

Auf m Christkindlmarkt

Glöckerl, de ned läutn kenna,
Kerzn, de elektrisch brenna,
Christbaumkugln, hochpoliert;
Rauschgoldengel, reich vaziert,
an Papierstern in da Hand,
Glaswollhaar und Foliengwand;
glei danebn siehgst Kripperl steh
mit Figurn aus Pappmaché,
falsche Bärt und Nylonjackerl;
Kunststoffschnee in kloane Sackerl;
denkts dro, wiavui Freid daß s macha! –
Ma soll s ned ois Kitsch valacha!

De erste Christnacht

Es war a Kreiz auf dera Welt.
De Menschheit hod da Deife grittn.
Nix garbad ham s, bloß grafft und gstrittn.
Bei da Moral hods arg weit gfehlt.

Vazweifelt warn de bravn Leit.
Sie wolltn se ned dupfa lassn,
ned streitn, kriagführn und ned hassn,
doch des hod olles nix bedeidt.

Do hod da Herr gsogt: „Jetzt iss gnua!
A Sindflut laß i nimma kemma,
de daad de Guatn aa wegschwemma.
Desmoi schick i mein eigna Bua.

Es wead da Welt a Kind geborn,
des soi da drunt mei Wort vakündn,
daß olle wieda zu mia findn
und koana glaubt, er is valorn!"

In Bethlehem hod in da Nacht
Maria nach des Vaters Willen
um die Verheißung zu erfüllen,
den Gottessohn auf d Erdn bracht.

Wenn d Menschn aa ned bessa wern,
so kummt doch jeds Johr d Weihnacht wieda
und d Hoffnung leucht auf d Erdn nieda
ois wia a Himme voller Stern.

Silvesta

Des oide Johr vaziahgt se jetzt schee staad.
Es hod dir a Lektion ins Lehrbuach gschriebn,
a poor Erinnerungen san dir bliebn
und olles andre hod da Wind vawahd.

Vor dir liegt d Zukunft wia a fremde Welt.
Du frogst di, welche Richtung schlog i ei?
Es wead da Weg doch ned recht stoanig sei?
Und wiavui Fuaßangeln hod s Schicksal
gestellt?

Host du an Freind, der ehrlich zu dir steht,
na brauchst koa Angst ham und du deafst ned
klogn!
Es laßt se oiss, wos kummt, vui leichta trogn,
wenn ma zu zwoat den Weg in d Zukunft geht.

D Leit

D Schmidhuaberin

D Schmidhuaberin vom drittn Stock,
de hod an jedn kennt.
In unserm ganzn Häuserblock
is s umanandagrennt.

Wo d Nachbarsleit in Urlaub warn
im vorign August,
und san s aa bloß aufs Land nausgfahrn,
d Schmidhuaberin hods gwußt.

Ham zwoa mitnand a Gspusi ghabt,
war irgendwo a Streit,
kaum hod s a Neuigkeit dạschnappt,
scho wars unta de Leit!

Sie hod dafrogt, wer heiratn wead
und gwußt, ’do kummt wos Kloans’!
Im Stiagnhaus hod s an jedn ghert,
aa in da Nacht um oans.

Doch des is jetzt scho Jahre her.
Es ändert se de Zeit.
Heid interessiert se koana mehr
für seine Nachbarsleit.

Heid woaß ma, wia da Dollar steht
und wos a Flugzeig kost.
Ma hert, wia zaach s Vahandln geht
im Krisnherd Nahost.

D Schmidhuaberin is einsam worn
und zletzt war s ganz vaschwundn.
In ihra Wohnung fast dafrorn
hod s jetzt da Postbot gfundn.

Emanzipation

I bin vom Huababauern d Frau.
Wenn i so umanandaschau,
na gibts do ebbs, wos mi frustriert:
D Stoodweiba san emanzipiert
und unsaoans herauß am Land
rennt oiwei rum im Kuchlgwand.
De gehnga couragiert ans Werk,
mia schaugn mit m Ofarohr in d Berg.
I deaf de ganzn Steiasacha,
d Buchführung, d Wirtschaftskasse macha,
i konn den großn Traktor führn;
mei Baua braucht bloß kommandiern.
Des hert se auf, des sog i eich.
Von morgn ab mach ma olles gleich.
I geh in Zukunft ungeniert
zum Stammtisch mit zum Untawirt;
na stell i mi ganz nebenbei
am nächstn Schafkopfabend ei;
i meld mi jetzt zur Feiawehr,
der Dienst is aa ned gor so schwer,
de meiste Zeit fahrn s umanand
und löschn zletzt den eigna Brand;
mit m Pfarra muaß i no dischkriern,
es soin aa d Madl ministriern;

und bin i in da rechtn Laune,
lern i für d Blosmusik Posaune.
Bloß oans konn i no ned recht glaubn:
wead mia mei Mo des oiss erlaubn?

Obblitzt

Am Kaffeetisch sitzn gmiatlich beinand
a oide Tante, weitschichtig vawandt,
und d Muatta, s Annamirl und da Woita
(da Kloana is no im Vorschuloita).
D Schmoiznudln schmecka heid ganz
bsonders guad.
Tant Josefin frogt, wos s Annamirl duad.
Do vàzählt ihra d Muatta glei voi Stoiz:
„Nix anders hods gebn, ins Kindaheim woit s.
Im Umgang mit Kinda hod s a Talent,
a jeda sogt des, der s Annamirl kennt".
Do nimmt s Deandl s Walterle bei da Hand:
„Kumm! Zoagn mas da Tante, spuin ma
mitnand!"
Vom Igel vazählt s, der a Haserl tratzt,
bis se da Bua hinterm Ohrwaschl kratzt.
Drauf sogt s Annamirl: „Des wead da gwiß
gfoin,
jetzt dean ma an Hos und an Igel moin!"
Da Woita schmeißt ihra an Pinsl hi:
„Des sog i eich glei, des is nix für mi!"
Na springt a auf und scho rennt a davo:
„Do schaug i mia liaba „Bonanza" oo!"

D Schlankheitskur

Da Hoferbaua is ned dürr,
es schmecka Schweinsbratn eahm und Bier.
Zwar is bei uns herauß am Land
a Knödlfriedhof no koa Schand,
doch auf amoi iss in eahm gefahrn:
er muaß jetzt Kalorien sparn.
Zum Kaffee ißt a bloß a Ei
und s Fleisch muaß zart und moga sei;
am Stammtisch sogt da Hoferbaua:
„Kathi, mia bringst a Schorle, saua!",

und statt de Weißwürscht, prall und hoaß,
fahrt a Salat ei, wia a Goaß;
jedn Vazicht nimmt a in Kauf.
Do ziahgn de erstn Wolkn auf:
Sei Frau hod Nosn langsam voi,
weil s nimma woaß, wos s kocha soi.
Da Hoferbaua schoit' auf stur,
er bleibt bei seina Schlankheitskur,
er wui beweglich sei und gsund
und so valiert a Pfund um Pfund.
Allmählich wead sei Laune schlecht,
er mog se selba nimma recht.
Am Stammtisch siehgt a volla Neid,
wia andre Leit as Essn freid,
drum hockt a meistens mit Gebrumm
dahoam bei seiner Oidn rum.
Zwoa Wochan drauf kummt na der Dog,
an dem a nimma fastn mog.
A leichters Gwicht hätt a jetzt scho,
bloß is eahm gestern d Frau davo!

Am Stammtisch

Am Stammtisch sogn s zum Untawirt:
„In deina Metzgerei
do wead a Streichwurscht fabriziert,
do konnst bloß sogn, ‘oh mei!’“

„De is vui z fett und schmeckt nach nix,
und liegt wia Blei im Mogn“.
„De daugt vielleicht ois Stiefewichs“.
„Mit dera konnst mi jogn“.

Drauf sogt da Wirt: „Wos liegt scho dro;
deswegn brauch ma ned raffa.
Wenn i aa d Wurscht ned macha ko,
Hauptsach: i konn s vakaffa!“

Da Fußballfän

A Fußballfän – des is koa Spaß –
ghert in a bsondre Menschenrass.
Wias um sei Männerlogik steht,
des siehgst, wenn a zum Spuiplotz geht.
Wenn oana sogt, sei Club vaspuid,
na wead a glei fuchsdeifeswuid.
Er lobt an Torwart: „Mei, des Gfrett,
wenn da Verein den Mo ned hätt!"
Langt der na aa amoi danebn
– sowos konns ab und zua scho gebn –
glei plärrt da Fän in so am Foi:
„Du Depp, des Runde is da Boi!"
Na stürmt da Gegna eiskoid vor,
da Torwart hoit, es gibt koa Tor,
und unsa Fän kriagt feichte Augn:
„Den wenn s ned hättn, do dadn s schaugn!"
Da Angriff laft jetzt wia am Schnürl,
da Mittelstürma schiaßt a Türl,
und glei drauf steigt – omeiomei –
sei Gegna eahm in d Wadl nei.
Da Fußballfän wead sofort boane:
„Geh weida, Girgl, schmier eahm oane!
Wo gibts na sowos auf da Welt!
Der Kerl, der ghert vom Spuiplotz gstellt!"

Da Girgl draht se wia da Blitz
und gibt dem andern aa an Spitz.
Da Schiedsrichta laßt ned lang wartn,
er pfeift und zoagt de gelbe Kartn.
Da Fän springt auf und schreit eahm zua:
„Du, gell, laß bloß den Mo in Ruah!“
Jetzt tritt zu allem Überfluß
da Max an saubern Pfostnschuß.
Es woant da Fän: „Konnst du ned zuin,
na dad i hoid glei Schussa spuin!“
Und jetzt geht olles Schlog auf Schlog,
da Club hod heid sein schlechtn Dog.
Es batzt da Sturm, da Torwart schlaft
und nacha hams de andern gschafft.
Da Fußballfän springt auf und bruid:
„Mei Großmuatta hätt bessa gspuid,
vakafts doch olle mitanand,
nehmts für an jedn Flaschnpfand!“

Am Samstog drauf — konn sei wos wui —
geht unsa Fän zum Fuaßboispui.

Sex

D Moarin is beim Friseur de Vierte,
drum nimmt sa se a Illustrierte
und blattelt drin zum Zeitvertreib.
Wos siecht s ois ersts: a nackerts Weib
und drunta steht: „Der Sex macht jung,
erhält Dich frisch, bringt Dich in Schwung!“
De Moarin liests und zetert glei:
„Ja, eine soiche Sauerei!
In Ehr und Anstand hob i acht
gsunde und brave Kinder bracht,
doch Sex hods in meim ganzn Lebn
bei uns dahoam noch k e i n e n gebn!“

Urlaub (I)

Heid kummt ma scho für wenig Geld
weid umanand in dera Welt.
De meistn Urlaubsorte ham
für ihre Gäst a Pfundsprogramm:
für d Jugend gibts an jedem Fleck
an Spuiplotz und a Diskothek,
de andern feiern mitanand
a Grillfest nachts am Palmenstrand,
und jeda hoit, wo er aa is,
sein Ferienort fürs Paradies.
Drum gunnts eich aa amoi a Freid
und machts a Urlaubsreise, Leit!

★

Ned, daß i selba furtfahrn mecht,
naa, so iss ned, vastehts mi recht:
weil i jeds Johr mit Freid drauf wart,
daß d Nachbarschaft in Urlaub fahrt.
Wenn nacha olle südwärts startn,
na mach i Ferien in meim Gartn.

Urlaub (II)

Da Bichler schalt' auf Bayern III:
koa Straß nach Südn is mehr frei
und an de Grenzn, sogt a Frau,
is kilometalang da Stau.

Da Bichler wead vor Ärga blaß:
„De andern san scho auf da Straß,
und du ... du packlst no wia dumm
in deine blädn Koffa rum.

Do schickt ma se, ma redt und hetzt;
wos nützts? Mia kumma oiwei zletzt,
und vo de Nachbarn glaubn de meistn,
mia kenna uns koan Urlaub leistn!"

Des leucht' da Bichlermuatta ei.
„Schau, Xaver," sogt s, „i hobs ja glei",
und kurze Zeit drauf sitzn s zfriedn
im Autostau in Richtung Südn.

D Mannsbuida

Zu mia sogn s oft: „Sei froh, du host an
Gattn!"
O mei! Des oane sog i eich,
de Mannsbuida san olle gleich
und wo a Liacht is, do is aa a Schattn!

Wenn a zum Kegln geht, do strahlt da Meine.
Und aa dahoam am Schafkopftisch,
do hoit a s aus, do bleibt a frisch.
Ratsch i mit eahm, na schlaft a scho um
neine.

Am Stammtisch wern de höchstn Phrasn
droschn.
Doch wenn eahm na s Finanzamt schreibt,
wo er mit seina Steia bleibt,
na hoaßts: 'Geh du, du host de bessa
Goschn!'

Sogt oana: „Eire Buam ham liabe Gsichterl!"
Do zahnt a üba s ganze Mai.
Doch stelln s wos oo, na plärrt a glei:
„Weil s so vazogn san, deine saubern
Früchterl!"

Er scherzt recht gern mit andre Frauenzimma.
Do zoagt a se im feschn Gwand
und grantlt aa ned umanand.
Bei seina Oidn, moant a, brauchts des nimma.

Wia schee hätt i s alloa. I kunnt mi schona,
wenn i mei Freiheit wieda hätt.
Und doch! Trotz Ärger, Plog und Gfrett:
Ma ko se arg an so a Mannsbuid gwohna!

Muattadog

I hob dahoam ogruafa vor a poor Dog,
mei Muatta soi sagn, wos s zum
Muattadog mog;
do is s ma glei recht üba s Mai drübagfahrn:
„I hob oiss, i brauch nix, des Geld kennts
eich sparn!
I hob eich hoid aufzogn, so wia sa se ghert,
doch des is koa Grund, daß ma mi
deswegn ehrt".
Mei Muatta! So is s, so war s ollawei scho,
a grundguade Haut, seit i zruckdengga ko.
Bloß mog s ned, wenn s globt wead, des konn
s ned vatrogn.
Und wenns ihr a ned paßt, i muaß s
amoi sogn:
Wenn mi heid wos druckt, wenn mi gornix
mehr freid,
geh i zu da Muatta, sie hod für mi Zeit.
Sie redt, sie konn zuhern, grod so, wia mas
braucht,
und s dauert ned lang, bis da Ärga varaucht.
Do bin i dahoam, bei ihr kumm i zur Ruah.
Sie kennt mi genau und vasteht, wos i dua.

Am Muattadog sog i, i waar ganz alloa
und hätt außadem grod im Ammergau z doa,
i sog, sie soi mitfahrn, na freid sa se gwiß,
weil des ihra ollaliabsts Ausflugszui is;
na macha mia zwoa uns an gmiatlichn Dog.
I mecht, daß ses siehgt, wia gern daß i s mog!

D Austraglerin

Kürzlich hob i d Nachbarin troffa.
Sie trogt oiwei no Traua,
seit a gstorbn is, da Baua.
Umsunst war oiss Betn und Hoffa.

Sie vazählt, daß s zum Gottsacka geht.
Sie muaß jedn Dog schaugn,
ob de Bleamerl no daugn
und ob s Bankerl, des s bstellt hod, scho steht.

Späta sitzt s auf m Rastplotz aus Stoa.
Stumme Zwiesprach duad s hoitn
mit ihrm selign Oidn
und ma spürt, jetzt is s nimma alloa.

Sie hod Feiaabnd, d Arbat is gschehng
und sie hod se dreigebn
in ihr oaschichtigs Lebn,
weil s an Glaubn hod ans Wiedasehng!

Regn

Vom Berg her üba Grat und Kamm
ziahgn Wolkn grau und schwer.
A kühla Wind treibt olle zamm.
Es scheint koa Sonna mehr.

Oiss, wos do lebt, waar boid dastickt
im hoaßn Tageslauf.
Da Gsundbrunna, vom Himme gschickt,
richt' olles wieda auf.

Es regnt a Nacht, es regnt an Dog.
D Natur hod se dafangt.
Da Mensch, der liaba d Sonna mog,
moant, daß s allmählich glangt.

Und scho valiert a sei Geduld.
Es pritschelt Stund um Stund.
Er schimpft: 'De san doch selba schuld!
De richtn d Welt no zgrund!

Da Fortschritt iss, der unbestrittn
beeinflußt Mond und Stern'.
D Atomvasuche soin s vabietn,
na daads glei anders wern!'

Oiss, wos da Mensch grod braucha ko,
erscheint eahm wia a Segn.
Doch hod er selba gnua davo,
na is a strikt dagegn.

Nationalstolz

Nach Bayern ziahgst jeds Johr im Lenz
aa an Giovanni aus Florenz.
As Lebn bei uns macht eahm vui Spaß.
Er mog as Bier, an Lebakaas,
bloß wenn a s Mai aufmacht, na spannt
ma, er kummt aus am andern Land.
Sei Freind, da Luigi, is genau
so lang wia er bei uns am Bau.
Er findt in Bayern koan Kontakt,
weil n oiwei wieda s Hoamweh packt.
Da Fuaßboi is sei Leidnschaft,
do kriagt a Zuversicht und Kraft.
Mit seine Landsleit hockt der Mo
na stundnlang vorm Radio.
Oamoi war a vor Freid ganz wuid:
de Bayern ham gegn Mailand gspuid,
ham Pech und liegn scho ganz schee hint,
und – Deife nei – Italien gwinnt.
Da Luigi strahlt, und des ned wene:
„Milano! Prima! Molto bene!“
Bloß da Giovanni grandlt leise:
„Bayern nix gut! Verdammte Sch...!“

Nachbarschaftshilfe

Im Amtsgericht da neie Richta
is in da Freizeit Bleamezüchta.
Im ganzn Umkreis findst koan Fleck
mit sovui scheene Rosenstöck.
Damit s im Somma recht guad wachsn,
deckt er s vorm Winta ab mit Daxn.
Im Herbst scho frogt a umanand,
wer eahm des Greazeig liefern kannt.
Da Lechna sogt zu seina Oidn:
„Mit soiche Leit muaß ma se hoitn!"
Am Samsdog hod da Richta frei.
Da Lechna sogt: „Na pack mas glei!"
Vorn Leitawogn spannt a sei Roß,
sie sitzn auf und scho gehts los.
Im Untahoiz de scheensten Fichtn
dean s mit m Hackl gründlich lichtn.
A Stund vageht, voi is da Karrn,
und wia de zwoa woidauswärts fahrn,
do lobt da Richta lang und breit
am Bauern sei Gefälligkeit.
Er sogt: „Herr Nachbar, eia Woid,
i muaß scho sogn, daß mir der gfoid!"

Da Lechna loahnt se zu eahm nüba:
„Es is scho guad, nur redn S ned drüba!"
Da Richta siehgt des ned recht ei:
„De Sach braucht doch ned hoamle sei".
Da Baua druckst: „I moanad hoid,
des war nämlich am Wirt sei Woid!"

I bin a Bonznwei

Mei Mo is glernta Facharbeiter
und sicha bringt a s aa no weiter.
Erst kürzlich war a in Glandage
mit seina Firma auf Montage.
Damit a zwischndurch ned schnell
abschiabt mit ana Mademoiselle
war i de meiste Zeit dabei,
seitdem bin i a Bonznwei.

Wenn ma amoi im Ausland war,
na is ma aufm Dorf a Star.
A jeda sogt: „Ja, do schau her!
Guad schaugn ma aus! à la bonne heure!“
I muaß mi freile danach richtn
und hob auf amoi neie Pflichtn.
Heid laaf i nimma umanand
mit dem nächstbestn Kaufhausgwand;
des trogn zwar heidzudog de meistn.
I konn mia scho wos Bessers leistn.

Kürzlich find i — des war a Glück —
in meina Second-Hand-Botique
an Persianer, fast wia nei.
„Geh! S' il vous plait, den packa S ei!“

hob i glei gsogt, „den nimm i mit!"
Heid kriagst ja überoi Kredit.
Wenn i a nix davo vasteh,
i muaß manchmoi in d Oper geh.
I woit koan Mozart, weil i find,
den kennt ja heid scho jedes Kind.
Mei Oper war von Werner Egk;
des war a Musi, do vareck!
Ja mei! Wos sei muaß, des muaß sei!
Dafür bin i a Bonznwei.

Heid sammeln s wieda Altpapier.
Wos liegt do bloß vor mancha Tür!
D Leit ham oft scho a enge Leitung
und lesn bloß a Tageszeitung.
Mit dem Schmarrn gib i mi ned ob,
weil i bloß Illustrierte hob.
Ma is ja schließle intressiert,
mit wem d Soraya grod poussiert.
Richt i mei Altpapier na zamm,
na kaaf i extra a „Madam",
de leg i offn obndrauf,
des macht se guad und foid aa auf,
und außadem siehgt ma na glei:
do drinna wohnt a Bonznwei.

I bin heid ziemlich spät scho dro.
As Wassa kocht, glei kummt mei Mo,
i muaß ja Knödl einedoa!
Au revoir!

Da Politiker

Des ganze Johr gibt a a Ruah,
de andern redn und er hert zua.
S Regiern schaugt oft so einfach her,
in Wirklichkeit iss sakrisch schwer.
Sogst „Ja“, na gehnga d Steiern nauf,
sogst „Naa“, na hoitst an Fortschritt auf,
es is ganz wurscht, wia ma entscheidt,
ma pratzlt oiwei a poor Leit,
drum laßt a se auf gornix ei,
kassiert Diätn und hoit s Mai.
Is d Zeit na um und kummt a Woih,
na ändert se des auf amoi.
Eahm, der se s ganze Johr ned rührt,
geht d Goschn auf n Schlog wia gschmiert:
‘Nur sei Partei hoit olles zamm.
De andern, de bloß Bläde ham,
de bringa üba Volk und Land
nix anders wia Vadruß und Schand!’
So redt a und haut d Gegnpartei
mit Temprament in d Pfanna nei.
Da Wähla herts und hebt sei Glos:
„Respekt, der Mo, der traud se wos.

An soichan brauch ma, sonst iss gfehlt".
Und deswegn ham s n wieda gwählt.
Jetzt is a zfriedn und gibt Ruah.
Kassiert Diätn und hert zua.

Einsicht

Heid geht scho olles durchanand,
des is a Dog wia koana.
I werfad gern a Trumm an d Wand
und kannt vor Ärger woana.

Ois erstes springt da Wogn ned oo
(d Werkstatt hod no nix gfundn).
Na regnts, wos grod vom Himme ko
und des jetzt scho seit Stundn.

Weils mia pressiert, drum renn i glei.
Da Bus steht scho am Standl;
natürlich is koa Plotz mehr frei.
Da Regn tropft aus meim Mantl.

Zwoa Fraun mit blassem Foitngsicht,
de ratschn mitananda.
De oane kummt grod von da Schicht,
zum Putzen fahrt de ander.

Da oan ihr Mo is arbeitslos
und sie muaß vui erduidn.
De ander arbad hoibdogs bloß;
da Bua hod recht vui Schuidn.

Zwoa oide Fraun und so vui Last!
I kumm ned aus m Stauna.
Himmevatta, i schaam mi fast.
Verzeih mia meine Launa!

Gänsebleamerl

De Bleamerl san no frisch,
bloß d Fliedazweigerl welkn.
Es duftet nach am Gmisch
aus Rosn und aus Nelkn.

Vorn leuchtn Orchideen,
vom Vatta is da Kranz.
Drübn hoaßts: 'Auf Wiedersehn,
Mama und Onkel Franz'.

A Gänsebleamerlstrauß
liegt untn, ganz am Rand;
do schaugt a Schleiferl raus,
scho fast vadeckt vom Sand.

Drauf steht, mit Filzstift gschriebn:
'Is unsa Haus aa kloa,
warum bist Du ned bliebn?
Bei uns warst nia alloa!'

In so vui koida Pracht
oa Fleckerl bloß, oa warms.
An Weg durch Angst und Nacht
bist ganga, Deandl, arms!

Mei Dorf

Mei Dorf

Vom Berg schaugt s Kircherl weit ins Land,
achthundert Johr iss oid.
De Buida an Altar und Wand
ham große Künstla gmoid.

Am Birkenhügel steht a Stoa
mit am Marienbuid.
Da ham ma — i war no ganz kloa —
oiwei Vasteckerl gspuid.

Im Kramaladn gibts Brod und Fett,
Kernsoafa, Schuahcrem, Eis.
De Kramerin is oiwei nett
und meistens woaß wos Neis.

Zum Postwirt geht a jeds gern nei,
do herrscht a bsonders Klima.
Er hod a eigne Metzgerei
und seine Würscht san prima.

A kloana Ratsch am Gartnzaun
deaf auf m Dorf ned fehln.
Ma kennt se lang und hod Vatraun,
do gibts vui zum Vazähln.

Des is mei Dorf! — Bloß iss ned wohr.
des war mei Dorf vor dreißig Johr.

Vom Berg schaugt s Kircherl weit ins Land.
Koa Orgel konnst mehr hern.
De neie Kirch am Siedlungsrand
is größer und modern.

Am Birkenhügel steht a Haus,
rundum a Mordstrumm Maua.
Vui Preißn gehnga ei und aus,
doch koana kennt s genaua.

Im Supermarkt drübn an da Straß
gibts Gmias, Tee, Strümpf und Humma.
Doch für des Freilein an da Kass'
bin i bloß no a Numma.

Im Postbräu tanzn s in da Bar.
Von auswärts san de meistn.
De Dorfbevölk'rung macht se rar.
De konn se des ned leistn.

Vui Fremde san durch Grundstückskauf
herzogn in unsa Gmoa.
Wenns geht, na reißn s s Mai recht auf,
sonst lebn s für sich alloa.

★

Jetzt war bei uns a Hoamatdog
und do hods Herz mia glacht.
De Junga san vom oidn Schlog,
redn boarisch und trogn d Tracht.

S oide Haus

De morschn Fensterlädn san gschlossn,
da Mörtl bröckelt von da Wand.
A oide Frau, miad und vadrossn,
werkelt im Gartn umanand.

Zwoa dürre Stempn tragn a Leine.
Wollstrümpf und Schürzn, farblos braun,
hänga scho fast in n Schierling eine.
Windschiaf und wacklig steht da Zaun.

De Oide muaß vageblich wartn,
daß oana zu ihr eineschaugt.
Unheimlich staad liegn Haus und Gartn;
a Ruah, de fast zum Grusln daugt.

Am Rundbogn fehln de meistn Sprossn
und s Gartntürl knarzt leis im Wind.
Doch drüber leuchtn Kletterrosn
so schee, wia ma s sonst nirgends findt.

Lebn auf m Land

Wer auf m Land lebn wui,
der braucht ned vui:
A Rathaus, wo Beamte sitzn,
de bloß beim Brodzeitmacha schwitzn;
an Burgamoasta, dem a raucht,
wenn a Verein an Zuschuß braucht.
A Straßnnetz für d Gmoa
mit Löcha groß und kloa.
An Schulhof mit am Parkplatz dro,
damit da Schulbus startn ko;
da scheenste Woidweg, lauschig, staad,
muaß umbaut wern ois Trimm-Dich-Pfad.
Na brauchst im Dorf a Diskothek,
sonst renna da de Junga weg;
Zuagroaste, de uns Ratschläg gebn,
wia mia am bestn „dörfisch" lebn;
a Bürgerinitiative,
de auframt mit de oidn Stiefe;
an jeda Straß a Bauernhaus,
sonst schaugt da Ort ned ländlich aus;
bloß koane Küah, sonst jammern d Preißn,
daß s olle Weg im Dorf vaschmutzn.

Da Gockl is erlaubt, doch kräht a,
na erst um achte oda späta.
A Kirch, a Wirtshaus, a paar Lädn,
wos wos zum kaffa gibt für jedn,
und scho is olles beianand,
wos d brauchst zum Lebn auf m Land.

Vattastoiz

Des is a Kreiz, daß Gott dabarm!
Beim Huababauern san d Schandarm.
Beim Postwirt war a Rafferei
und d Huababuam warn aa dabei.
Da Baua ruaft de drei glei zamm
und frogt, wos s wieda ogstellt ham.
Da Martl hods Vazähln ogfanga;
um d Weibaleit iss desmoi ganga.
„De Bürscherl aus da Nachbargmoa
ham mit uns s ganze Johr nix zdoa,
jetzt moana sie, bei unsre Hosn
do gangad wos mit m Aussegrosn.
Do ham mia gsogt in olla Ruah,
'schaugts, daß s vaschwindts, sonst hau
ma zua!'
Sie grinsen frech: 'Des daad eich passn!'
Do ham ma s hoid kurz zammfoin lassn".
Doch dodrauf widasprecha glei
de Männa vo da Polizei:
„Kurz zammfoin lassn megts es sogn!
Drei Stühl, sechs Maßkriag habts daschlogn!
Dafür miaßts hundert Markl zoihn".
„Naa, sowos lass ma uns ned gfoin",

beschwern se lautstark olle Drei.
Da Baua sogt: „Jetzt laßts des Gschrei.
Wer is denn Herr worn in der Nacht?“
„Ja, mia natürle, waar doch glacht!”
Da Baua strahlt, sei Herz wead weich.
„Schleichts eich“, sogt a, „i zoih für eich!“

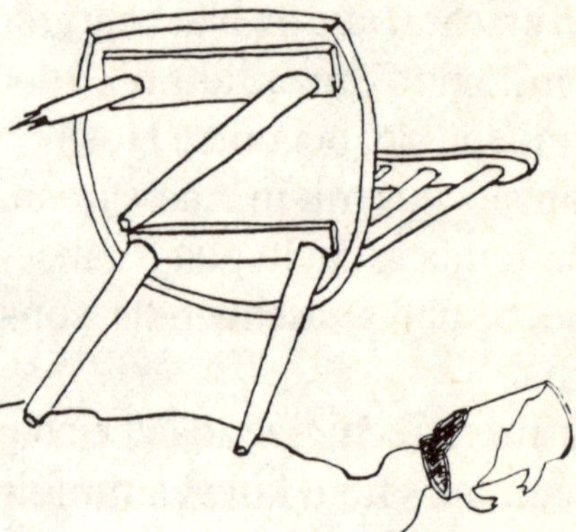

D Glocknweih

Da Pfarra lodt zur Glocknweih
de ganze Pfarrgemeinde ei.
Im Dorf is olles festlich gschmückt
und s Landratsamt hod Bleame gschickt.
Im Wirtshaus ham s bis spät in d Nacht
an Leberkaas und Weißwürscht gmacht
und Oid und Jung erlebt mit Freid
an Dog voi Glanz und Festlichkeit.
Doch in da Schui am nächstn Dog
kummt unvahofft da Gegnschlog:
Da Lehra muaß glei übatreibn
und laßt dahoam an Aufsatz schreibn.

An Hansi freid des Scheenste nimma
und er hockt grantig in seim Zimma;
sei Lust am Schreibn is sehr begrenzt.
Doch weil sei Muatta gor so benzt,
drum denkt a se, 'jetzt packst as glei,
na is s vorbei, de Schreiberei!'
'Da Pfarra hod vor kurza Zeit
in unserem Dorf zwoa Glockn gweiht.
Er moant, da helle Glocknklang
erinnert d Leit an Kirchngang.

Da Lehra gibt an Überblick
und wünscht am Pfarra recht vui Glück,
na ham se s naufghängt, olle zwoa.
Jetzt iss vui scheena in da Gmoa!'

Z spät

In Richtung Wirtshaus gehnga schnell
da Gärtna Huaba und sei Gsell.
Am Woid hint' ziahgt da Mond scho auf.
Hochwürden kummt grod s Wegerl rauf.
dankt dene zwoa für eahnan Gruaß
und sogt, daß a ins Schulhaus muaß.
Da Lehra is heid Vatta worn,
sei Frau hod eahm an Sohn geborn:
„I wünsche eahm Glück und schaug wias geht".
Da Gärtna sogt: „Jetzt iss scho z spät!"
Da Pfarra stutzt: „Is wos mit m Kind?
Fehlts bei da Muatta? Sogts mas gschwind!
Wos is passiert im Lehrahaus?"
Da Gsell schaugt finsta: „S Bier is aus!"

Da Hoagart

De Kriaga ham bei uns am Land
an ziemlich guadn Zammastand.
Ma trifft se öfter im Verein
zum gmiatlichn Beisammensein.
Jetzt san s zum Huaba Paule nauf:
„Geh, ziahg für uns an Hoagart auf!“
Da Paul, der se auf des vasteht,
sogt, daß de Sach in Ordnung geht.
Er trommelt a poor Gruppn zamm,
vahandelt, und scho steht s Programm.
Zwoa Wochan späta steigt des Fest.
Zerst griaßt da Vorstand olle Gäst,
Vereine aus da Nachbargmoa:
„Da Burgamoasta kummt alloa;
da Landrat“ — olles applaudiert —
„is leida heid indisponiert“.
Na geht da Paul auf d Bühne nauf
und sogt: „Jetzt tretn glei d Trachtla auf,
de stehnga draußn vor da Tür“.
Do meldt se da Vereinskassier:
„A so kummt mia do koana nei,
ab zehn is erst da Eintritt frei!”
Da Paul erklärts eahm lang und breit:
„De zoihn nix, Mo, de plattln heid!”

Der wui des zwar ned recht vasteh,
laßt s aba trotzdem einegeh.
Na is da Paule wieda dro.
Er sogt de nächstn Nummern oo:
A Männadreigsang bringt a Stück
und hintaher kummt d Blosmusik,
a Stubnmusi, a Jodlerin;
mucksmeiserlstaad hockt olles drin.
Auf oamoi plärrt d Bedienung laut:
„Wer hod an Schweinsbratn bstellt mit Kraut?"
Von hintn rührt se oana glei:
„Du Dotschn! Hoitst ned boid dei Mai!"
Da Paule liest mit vui Humor
zwoa selbagstrickte Verserl vor.
Do foid am Vorstand plötzlich ei,
Beleuchtung miassad anders sei.
Er geht zum Schaltakastn naus,
scho gehnga olle Liachta aus.
Da Paule moant:„Kennts es mia woi
verratn, wia i do lesn soi?"
Doch boid gehts weida im Programm,
wo d Trachtla no an Auftritt ham.
Da Maxi ruaft: „Des geht ned! Hoit!
Do wern ja unsre Würschtl koid!"
„Guad", sogt da Paul, „wos liegt scho dro,
hör ma uns zerst an Dreigsang oo".

Zletzt kumma da Trachtla, na iss aus
und s Publikum gibt vui Applaus.
D Leit sogn:„Schee wars und gorned steif.
Ma siehgt hoid wieda: live is live!“

D Feiawehr

D Sirena geht und oiss ruckt aus.
Im Dorf brennt a oids Bauernhaus,
nauf auf n Tanklöschwogn und los! –
Ja, Schneckn in da Buttasoß!
Weil koana mit eahm umgeh ko,
drum springt da neie Wogn ned o.
Oiss wead probiert, na iss soweit,
sie sitzn auf, valiern koa Zeit,
Signal und Blauliacht bringa s schnell
zu Einsatzort und Unglücksstell.
Glei fanga s mit da Arbad o,
zwoa Nachbarwehren löschn scho.
Ois erstes plärrt da Vorstand Meier:
„Es schleichts eich! Des is unsa Feia!"
De gehnga und jetzt lafts wia gschmiert,
bis se da Moser Waste rührt:
„Heid ham ma wirkle gor koa Glück,
jetzt fehlt uns a Verbindungsstück;
nimmt s Pech denn übahaupt koa End?"
Inzwischen is oiss runtabrennt.
Es stinkt nach Rauch, es tropft a Leitung.
Am nächstn Dog steht in da Zeitung:

Wir danken der hiesigen Ortsfeuerwehr für die tatkräftige Mithilfe bei der Einäscherung unseres Hofes. Fam. Weiß

Feiaabnd

Im Kuahstoi gehnga d Liachta aus,
s is Feiaabnd für heid.
A Küchngrücherl ziahgt durchs Haus,
Zeit iss zum Essn, Leit!

Am Dorfplotz war de oide Res
aa wieda z lang beim Ratschn.
Jetzt wuislt s: „Uii, mei Sepp wead bäs!"
Scho siehgt ma s hoamwärts hatschn.

Am Weiha drunt laft ganz alloa
da Rauhhaardackl Blasi.
Sei Herrle hod heid no wos z doa,
drum geht a selba gassi.

Beim Burgamoasta jammert stur
da Pfarra seit zwoa Stund.
Er wui a Geld für d Kirchturmuhr
und vo da Gmoa an Grund.

Am Burgamoasta stinkt a recht.
Er denkt: 'Wos dua i bloß?'
indem daß er zum Schafkopf mecht
und wead den Mo ned los.

Beim Postamt steht de fesche Lies
und schaugt in Richtung Woid.
Wer s kennt, der woaß, jetzt kummt
ganz gwiß
ihr Schatz, da Girgl, boid.

Trompetn übt mit recht vui Gschick
da Schlossalehrbua Franz.
Er spuid jetzt mit da Blechmusik
scho hie und do zum Tanz.

De Lies kummt hoam, s is no ned spät,
doch sie wui koan Vadruß.
Da Girgl gibt ihr, eh a geht,
an langa Abschiedskuß.

Da Burgamoasta is in Rage.
Er macht an Dauerlauf
und wettert: „Hoit doch de Bagage
mi oiwei so lang auf...!“

Hochwürden grinst den ganzn Weg
zufrieden vor sich hin.
Er sagt sich: ‘Wenn ichs überleg,
mein Wort bringt stets Gewinn!’

Da Blasi druckt se an da Wand
ins Haus mit schlechtem Gwissn,
doch s Herrle hod no gorned gspannt,
daß eahm sei Hund ausgrissn.

De Res liegt scho a Stund im Bett
und wead no ganz varuckt;
sie findt koa Ruah. Is des a Gfrett,
wenn oan s Rheimatisch druckt!

Die Bäurin schaugt in d Kamma nei,
wos ihra Nachwuchs macht.
Da Baua schoit an Fernseh ei,
jetzt weads im Dörferl Nacht.

Inhaltsverzeichnis

D Zeit

D Leit

Mei Dorf